Tanja Doerr geb Bayer

Raya´s

Fantasyreise zur Geburt

Tanja Doerr geb Bayer

Raya´s

Fantasyreise zur Geburt

Fantasy

Impressum

Bibliografische Information der Deutschen Nationalbibliothek: Die Deutsche Nationalbibliothek verzeichnet diese Publikation in der Deutschen Nationalbibliografie; detaillierte bibliografische Daten sind im Internet über http://dnb.dnb.de abrufbar.

Die automatisierte Analyse des Werkes, um daraus Informationen insbesondere über Muster, Trends und Korrelationen gemäß §44b UrhG („Text und Data Mining") zu gewinnen, ist untersagt.

© 2025 Tanja Doerr geb. Bayer

Verlag: BoD · Books on Demand GmbH, Überseering 33, 22297 Hamburg, bod@bod.de

Druck: Libri Plureos GmbH, Friedensallee 273, 22763 Hamburg

ISBN: 978-3-8192-0836-2

Inhaltsverzeichnis

Hier oben, ganz weit im Universum zwischen den vielen wunderschö-nen Sternen, liegt das wunderschönes Glitzerland.

Unendlich viele bunte Glitzerkugeln, mit verschiedenen Seelchen, springen und singen quer durch die bunten Wolken, die aussehen, als wären Sie aus leckerer Zuckerwatte.

Kleine Lichtpunkte in den Glitzerkugeln tanzen durch den Raum und man hört fröhliches Kichern aus Ihnen heraus.

Ich war hier oben nicht alleine.

Wir schweben hier umher und warten auf den perfekten Moment, um auf die Erde zu reisen.

Eines Tages durfte ich mir aussuchen, wo meine Reise hingehen soll-te.Ich schwebte in meiner Glitzer Kugel über die Erde und schaute mir die Menschen an.

Und dann sah ich sie; **meine Mama und mein Papa**.

Sie lachten zusammen und neckten sich, ihre Augen waren so voller Liebe und in ihren Herzen fühlte ich einen warmen und gemütlichen Platz.

Mein Platz!

„Da sind Sie!", rief ich fröhlich.

Die Engel des Glitzerlandes nickten und streuten noch ein wenig Sternenstaub auf mich, damit ich meine Magie nicht vergesse.

„Reise mit Freude, kleine Raya", sagten Sie.

„Bring Liebe, Licht und Glitzer- auf die Erde." Und so rutschte ich auf einem magischen Regenbogen hinunter zur Erde.

Doch als ich ankam, war plötzlich alles anders.

<h1 style="text-align:center">AUF DER ERDE</h1>

Ich wachte auf, aber nicht in Mamas Armen, sondern an einem Ort, der warm und weich war.

Ich konnte nichts sehen oder hören, keinen bunten Glitzer, kein Kichern, einfach nichts.

Es war still!

Ich musste mich hier erst mal zurechtfinden, aber es war komisch, ich konnte einfach nichts mehr von dem aus dem Glitzerland.

Das Einzige war, ich konnte ein ganz sanftes Pochen spüren, es war beruhigend und ein angenehmes Gefühl umhüllte mich jetzt.

Ich glaube, ich fiel erst mal in einen tiefen Schlaf, die Reise war doch etwas anstrengend.

Als ich wieder zu mir kam, sind, glaube ich, ein paar Tage vergangen, ich konnte mich auch nicht mehr genau erinnern, wo ich herkam.

Das glitzernde Wolkenland, die Engel, das Gelächter waren wie ein schöner Traum, der langsam verblasste.

Aber ich hatte hier keine Angst, ich fühlte mich warm und geborgen, so sicher, als würde mich etwas umarmen.

Doch ich wusste, dass ich noch wachsen würde, jeden Tag ein wenig mehr.

Ich würde Arme und Beine bekommen, winzige Finger und Zehen, Haare, Augen und eine Nase. Ohren zum Hören und ein Mund um schöne Lieder zu singen.

Mein Körper wird ein Wunder und ein Meisterwerk der Natur sein.

Und in ein paar Monaten, wenn meine Zeit gekommen ist, um zu schlüpfen, werde ich meine Mama und meinen Papa wieder sehen.

Wie ein kleiner Schmetterling, der sich in seinem Kokon versteckt, wartete ich geduldig auf den Moment, in dem ich die Welt entdecken durfte.

Und bis dahin ließ ich mich einfach treiben, geborgen in Mamas Bauch, während draußen das Leben auf mich wartete.

In den ersten Wochen geschah etwas Wunderbares.

Tief in mir klopfte es, ganz leise, fast wie ein sanftes Flattern.

Es fühlt sich warm und gut an, aber was war das?

Ich wusste es nicht.

Ich konnte doch nicht wissen, dass dort ein winziges Herzchen schlug.

Ein Herz, das nur für mich pochte, das mich zu einem wunderbaren Lebewesen werden ließ.

Mit jedem Klopfen wuchs ich ein kleines Stück.

Ich war nicht mehr nur ein kleiner Funke, ich war Raya, ein Baby

das eines Tages mit offenen Armen in diese große, bunte Welt treten würde.

Tage später glaubte ich etwas zu spüren, da draußen hinter der weichen warmen Wand Aufregung herrschte!

Es war, als würde sich etwas verändern, als ob ein Funken Freude in der Luft lag. Genau wusste ich nicht, was da los war, aber tief in mir war das gefühlt da, als ob ich es wüsste: Ich glaube, Mama weiß jetzt, dass ich in Ihrem Bauch bin! Vielleicht lachte Sie, vielleicht weinte Sie ein wenig vor Glück, ich konnte es ja nicht sehen, aber ich fühlte es. Ihre Freude, Ihre Liebe, ihr Herz, das wusste jetzt Bescheid: **„Ich bin da."**

Und das machte mich noch gespannter auf die Welt da draußen.

Oh, was war das? Ein paar Wochen später hatte sich bei mir etwas verändert! Ich bin schon gewachsen, aber da war noch etwas anderes. Es war winzig, aber es bewegte sich! Ich konzentriere mich ganz fest und ja, Ich konnte es wackeln lassen.

Waren das etwa meine Arme und meine Beine?

Jaaaaaa!

Es fühlte sich seltsam, aber gleichzeitig aufregend an. Ich freue mich, dass ich immer größer werde und die Zeit mit Mama und Papa immer näher kommt.

Tage und Wochen vergehen wie im Flug und in mir drinnen geschieht auch etwas. In mir drinnen war plötzlich weniger Platz! Etwas wuchs dort, es drückte ein wenig, aber es fühlt sich alles richtig an so, wie es ist.

Sind das Organe?

Ich wusste nicht, was das bedeutete, aber ich spürte, dass ich mich schon wieder veränderte. Ich wurde.mehr. Mehr als nur ein kleiner Funke wie vor ein paar Wochen. Ich wurde immer mehr zu etwas Wunderbarem, zu jemandem, der bald bereit sein würde, die große Welt mit staunenden Augen zu betrachten.

Ich konnte es kaum erwarten, aber es dauerte noch ein paar Monate.

Aus einem unbekannten Grund hatte ich das Gefühl, dass Mamas Bauch und Körper sich an mich anpassten. Ich spürte, dass ihr Herz schneller schlug, dass sich etwas in ihr regte. Vielleicht fühlte sich manchmal müde oder ein wenig anders als sonst. Aber eins wusste ich sicher. Sie tat jetzt schon alles für mich!

Ich fühlte, wie sie mit mir sprach, ganz leise. Manchmal summte sie ein Lied oder legte ihre Hände auf Ihren Bauch und streichelte mich und da wusste ich , sie denkt an mich.

Wir wuchsen zusammen und sind jetzt eins, meine Mama und ich.

Die Reise hier in Mamas Bauch ist wirklich aufregend! Jeden Tag ge-schieht momentan etwas Neues.

Mittlerweile habe ich an meinen Händen sogar kleine Fingerchen, sie sind noch winzig, aber einer davon – ich glaube, das ist der Daumen, passt ganz prima in meinen Mund. Ich habe entdeckt, dass man damit ganz prima spielen und nuckeln kann. Das finde ich ganz toll und macht riesen Spaß.

Auch an meinen Füßchen sind jetzt winzige Zehen, mit denen kann ich ganz lustig wackeln. Mal bewege ich sie vorsichtig und mal strample ich mit den Beinchen richtig dolle. Das ist so spannend, mich selbst zu entdecken, was ich jetzt alles kann.

Ich glaube, Mama macht bestimmt ganz große Augen, wenn Sie sieht, was ich schon alles gelernt habe.

Manchmal klopfte Mama auf Ihren Bauch oder strich sanft darüber, vielleicht merkt sie ja schon, wie ich mich bewegen kann.

Ich hoffe, sie freuen sich genauso wie ich.

Was ich Euch noch gar nicht erzählt habe, ich kann schon schwimmen. Ich schwimme schon seit ich in Mamas Bauch in einer Flüssigkeit, ich weiß nicht, wofür das gut ist, aber ich glaube, das schützt mich.

Aber das Beste daran ist, es schmeckt sehr lecker.

Manchmal lasse ich es einfach in meinen Mund fließen und schlucke es herunter. Es ist fast wie eine süße Limonade mit Zuckerwatten geschmack.

Dabei habe ich dann gemerkt, wenn ich Bauchschmerzen habe und es trinke, macht es mich satt und ich fühle mich danach besser und fit.

Diese süße Flüssigkeit gibt mir Kraft und sorgt dafür, dass ich weiter wachsen kann.

Mama kümmert sich gut um mich, auch wenn sie mich bisher nicht sieht, aber sie schickt mir alles, was ich brauche, und ich spüre dadurch genau, wie wir verbunden sind.

Manchmal frage ich mich, ob sie es auch merken, wenn ich einen großen Schluck von der süßen Limonade nehme.

Vielleicht spürt Sie mich ja dann ganz kurz.

Jeden Tag lerne ich etwas Neues über mich selbst. Was kommt als Nächstes.

Ich liebe es, Purzelbäumchen zu schlagen und mich wie wild in meiner magischen Höhle bei Mama herumzuturnen.

Ich strample dann mit meinen Beinchen, strecke die Ärmchen aus und lasse mich durch das warme Wasser gleiten.

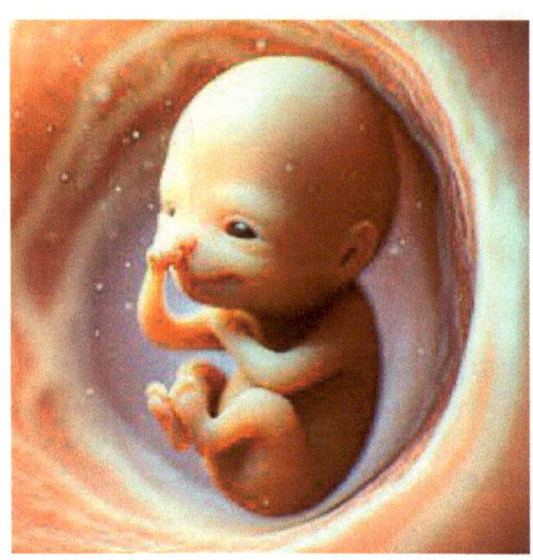

Manchmal, wenn meine Mami sich ganz ruhig hinlegt, weil sie erschöpft ist, um sich auszuruhen, bekomme ich eine ganz tolle Idee, damit sie mich nicht vergisst.

Ich trete Sie dann ein kleines bisschen, nicht zu fest, nur so, dass sie mich bemerkt. Ich stelle mir vor, wie sie dann lacht und vielleicht sogar mit mir spricht.

Sie findet es bestimmt auch aufregend und spannend und fragt sich bestimmt, was für eine Beule ist die gerade

Aus Ihrem Bauch kommt, vielleicht rätselt Sie dann, ob es mein Fuß oder mein Arm ist.

Aber was ich auch wirklich lustig finde, ist, wenn dann mein Papi die Hand auf Mamas Bauch legt, um auch mal zu spüren, wie es sich anfühlt, wenn ich Mama trete, halte ich dann kurz ganz ruhig und bewege mich nicht.

Sobald Papis Hand dann vom Bauch weg ist, strampele ich wieder, ich glaube, er wundert sich dann. Ich finde dieses Spiel richtig lustig und kann mir ein Lächeln nicht verkneifen, schade, dass es Mama und Papa leider nicht sehen können. Das ist mein erstes Spiel mit den beiden, und ich liebe es.

Jeden Tag freue ich mich mehr darauf, sie endlich zu sehen. Aber bis dahin genieße ich noch meine Zeit hier, schwimmend und turnend, voller Vorfreude auf das große Abenteuer, das mich erwartet.

Ich weiß gar nicht genau, wie lange ich denn schon jetzt in Mamas Bauch bin, es sind bestimmt aber bereits 4/5 Monate.

Ups, was war das eben? Habe ich da was gehört? Es kam etwas durch meine Ohren. Das ist wieder etwas Neues.

Es ist ganz leise, aber da ist definitiv etwas, kann das vielleicht Mama sein?

Ich glaube, sie spricht mit mir! Ihre sanfte Stimme klingt wie ein beruhigendes Lied. Aber ich höre noch mehr, ganz weich und zart, singt Mami? Es klingt so vertraut, fast wie eine Einladung. Ist das etwa Papa?

Er singt gerade für mich, ich kann jetzt Eure Stimmen hören, das ist so wunderschön.

Das Gefühl zu haben, dass sie mich mit ganzem Herzen lieben, dass sie mich mit ihren Stimmen umhüllen und mir schon jetzt Wärme schenken, ist unvergleichlich. Vielleicht sprechen sie über mich oder singen mir ein Lied, das sie mir später immer wieder vorsingen werden.

Es ist so wunderschön, ihre Stimmen zu hören! Ich weiß, dass mich beide schon jetzt in ihrem Herzen haben und sich auf mich freuen. Es fühlt sich so besonders an. Ich glaube, ich bin jetzt ein Teil von Ihnen, hier in Mamas Bauch, zusammen mit all Ihrer Liebe und Ihrer Musik.

Mit Ihren Stimmen, Mamas pochendes Herz und Gluckern in ihrem Bauch ist für mich wie eine Schlafmusik. Ich fühle mich sooooooo wohl.

Ich bin jetzt schon richtig groß geworden, wenn Papa mich messen würde, wäre ich bestimmt bereits ca. 25 cm groß.

Auch habe ich jetzt schon ein paar Haare, ich bin bestimmt wunderschön, aber leider kann ich mich nicht ganz sehen.

Was Mama und Papa jetzt wohl denken, ob sie sich auch vorstellen, wie ich vielleicht aussehen könnte?

Habe ich vielleicht Papas Nase und Mamas Augen?

Habe ich helle oder dunkle Haare?

Sie sind bestimmt sehr neugierig.

Warum kann ich jetzt auf einmal auch wissen, was ich da gerade tue?

Ich glaube, das hängt mit dem Ding zusammen, was da in meinem Köpfchen ist. Das ist das Gehirn. Es fühlt sich so lustig an, wie eine kleine Blase in meinem Kopf, die mir hilft, zu verstehen, was ich tue.

Nun weiß ich jetzt genau, was ich hier mache.

Ich kann fühlen, wie ich immer weiter wachse und das macht alles noch aufregender und schmecke auch, dass das Fruchtwasser um mich herum immer noch ganz süß ist, sowie Limonade.

Aber ich fühle noch mehr!

Manchmal liege ich aus Versehen auf meinem Arm und dann drückt es ein wenig. Das ist ganz komisch, aber nicht schlimm.

Manchmal kitzelt mich auch etwas! Ich weiß gar nicht so genau, was das ist, aber es macht mir Spaß.

Mittlerweile sind wieder ein paar Monate vergangen und ich bin immer größer geworden, es sind

Bestimmt jetzt 9 Monate vergangen.

Ich habe nicht mehr viel Platz in meiner kuschel Höhle! Ich kann mich nicht mehr so einfach drehen oder durchs Wasser gleiten, alles ist so eng.

Mama merkt es auch, denn ich spüre, dass sie auch sehr mit dem großen Bauch und dem Gewicht zu kämpfen hat. Sie kann jetzt nicht mehr so viel machen wie vor ein paar Wochen und muss sich immer mehr zwischendurch Ausruhen. Sie wartet bestimmt genauso sehnsüchtig, wie ich darauf, dass wir uns bald in die Augen sehen können.

Eines Tages, als ich wieder am herumtoben war, passierte etwas anderes, mit dem ich nicht gerechnet hätte.

Ich drehte mich, wie immer, fröhlich in meiner kleinen Welt aus warmem Fruchtwasser und plötzlich konnte ich nicht mehr zurück.

Mein Köpfchen war nach unten gerutscht und es fühlte sich an, als ob mich etwas festhielt. Es war ein wenig eng, aber nicht unangenehm.

Etwas sagte mir, dass bald meine Reise in Mamas Bauch zu Ende sein würde.

Ich bin so aufgeregt! Es fühlt sich an, als ob ich jetzt bereit bin, die nächste Etappe zu betreten.

Vielleicht wird die Welt da draußen genauso spannend wie alles, was ich hier erfahren habe.

Ich kann es kaum erwarten, Mama und Papa zu sehen.

Es ging doch schneller, als ich erwartet habe.

Mama bewegte sich auf unbekannte Weise anders, es war so, als wenn sie Schmerzen hatte oder sich verkrampfte.

Mama, ist alles in Ordnung? Ich mache mir Gedanken um Dich!

Der Bauch fing an, sich im gleichmäßigen Rhythmus immer wieder zusammenzuziehen. Mama, hast Du Bauchschmerzen?

Aber ein merkwürdiges Gefühl sagte mir, dass bestimmt gleich etwas anderes passieren würde.

Mama und Papa redeten schnell und es klang aufgeregt, sie hörten sich an, als ob sie sich Sorgen über etwas machten, hat das mit mir zu tun?

Ich weiß aber auch, dass Sie immer auf mich aufpassen würden, egal, was geschieht. Ich vertraue Ihnen.

Die letzten paar Stunden waren sehr anstrengend, ich rutschte immer weiter nach unten in Mamas Becken und der Platz wurde immer enger.

Jetzt weiß ich, was das bedeutet.

„Meine Reise ist bald zu Ende in Mamas Bauch":

Offen gesagt macht mir das jetzt etwas doch ein bisschen Angst, was da gerade passiert. Aber ich vertraue darauf, dass sie wissen, was zu tun ist.

Ich bin so müde, aber immer, wenn ich eingeschlafen bin, wackelt Mamas Bauch wieder sehr stark und ich bin wieder wach.

Es wird ruhig um mich herum und dann höre ich diese anderen Stimmen, sie sind sanft, ruhig und beruhigend, als ob sie uns beistehen wollen.

Sie sprechen mit Mama und Papa, aber nicht in der gleichen Weise, wie sie miteinander reden. Es klingt fast so, als ob sie uns in dieser Situation helfen wollen, in dieser besonderen Situation stark zu bleiben.

Heute weiß ich, dass es Hebammen waren.

Ich merke, das Mama ängstlich ist, das höre ich in ihrer Stimme.

„Aber Mama, ich bin doch bei Dir, wir müssen das jetzt zusammen schaffen".

Mamas Herzschlag verändert sich und obwohl sie sich vielleicht ein wenig unsicher fühlt, weiß ich, dass sie mich immer noch ganz fest in ihrem Herzen hält.

Für Mama ist es jetzt nicht ganz einfach.

Ich möchte ihr sagen: Mama, ich fühle mich sicher bei Dir Du bist so stark. Du hast mich immer geliebt und ich werde jetzt noch stärker. Ich werde bei Dir bleiben, und wir machen das jetzt gemeinsam.

Ich kann gerade nicht genau sagen, was hier passiert, aber ich weiß, dass es etwas Neues sein wird. Die Stimmen um uns herum sprechen von Dingen, die ich bisher nicht ganz verstehe, aber ich weiß, dass sie uns unterstützen.

So werde ich an Mamas Seite bleiben, durch all die Veränderungen, die kommen mögen, bis der Moment kommt, in dem ich endlich in ihren Armen bin.

Und wenn es so weit gekommen ist, dann werden wir zusammen durch die Tür in die Welt hinaustreten.

Mama, Papa und ich, alle zusammen. Das wird das schönste Abenteuer von allen!

Und wieder verkrampft sich Mamas Bauch, dieses Mal rutsche ich noch tiefer und kann mich gar nicht mehr bewegen, es ist, als ob mich jemand sanft, aber bestimmt in eine neue Richtung schubst.

Meine Welt wird immer enger.

Die warme Flüssigkeit, die mich permanent umhüllte, scheint plötzlich zu verschwinden. Ich kann sie nicht mehr spüren.

Bei mir wird es gerade finster und ich höre Mama und Papa jetzt schon viel lauter. Papa redet mit Mama und sagt Ihr, sie soll jetzt ganz stark sein. Ihre Stimmen haben einen ganz anderen Tonfall, viel aufgeregter und ängstlicher, aber auch voller Liebe.

Was passiert hier gerade ? Es fühlt sich so anders an als alles, was ich bisher kannte.

Ich bin müde, so richtig müde. Alles um mich herum ist anstrengend, ich fühle mich schwer, als ob die Leichtigkeit der Zuckerwatten Limonade, die mich früher trug, jetzt ganz weit weg ist. Ich möchte einfach nur noch zurück in meine kleine, warme und weiche Welt. Der Raum, in dem ich schwimmen konnte, die Wärme, die mich umsorgte, der ständige sanfte Druck des Wassers, das mich umhüllte.

Aber das geht jetzt nicht mehr.

Es fühlt sich an, als ob die ganze Limonade einfach an mir vorbeigeflossen ist. Alles ist jetzt anders, alles wird schmerzhaft und schwer. Ich möchte weinen, aber da ist kein Platz dafür. Ich bin erschöpft und verunsichert, aber dann höre ich Mama und Papa wieder.

Mama weint, sie ist müde, genau wie ich. Es ist nicht so leicht für uns beide.

Halte durch, Mama, denke ich. Mir geht es genauso wie Dir, aber wir sind stark. Wir zwei schaffen das zusammen!

Ich spüre, wie Mama sich anspannt und wie Papa ihre Hand hält. Ihre Berührungen geben mir ein wenig Trost, auch wenn gerade alles wieder so neu und schwer ist. Ich versuche, meine Angst zu überwinden, während ich mich durch diese Neue Welt bewege. Ich weiß, dass wir nicht alleine sind. Wir sind drei und gemeinsam werden wir es schaffen, auch wenn wir uns jetzt noch so verloren und müde fühlen.

Es ist ein großes Abenteuer, aber ich spüre in mir, dass wir das schaffen werden. Mama, Papa, ich bin bei Euch! Wir sind zusammen ein Team, das die ganze Welt erobern kann.

Zu Hause

Es ist plötzlich so hell, viel heller als je zuvor.

Etwas blendet mich, es fühlt sich an, als ob das Licht mich in diesem Moment erschlägt.

„Wo bin ich?"?

Es ist alles so neu, fremd und kalt.

Viel kälter, als ich es je gekannt habe.

Die warme, süße Limonade ist verschwunden und stattdessen fühle ich ein eisiger Hauch, der mich umgibt.

„Warum ist es so kalt hier"?

Ich möchte wieder zurück in Mamas Bauch, wo es warm, weich und sicher war.

Ich will wieder schwimmen, mich entspannen.

Doch statt Wärme und Entspannung Fühle ich, wie mein kleiner Körper sich anspannt. Plötzlich ein lautes Geräusch.

Ein Schrei!

Aber es ist nicht der Schrei von Mama oder Papa.

Es ist mein eigener er kam aus meinem Mund.

Ein lauter, erschrockener Schrei. Ich kann es nicht verhindern.

Es passierte einfach.

Es fühlt sich an, als würde sich mein Körper sich zum ersten Mal in der Luft bewegen, als würde ich in diese große, kalte Welt hineingezogen.

Alles ist so plötzlich.

Der Übergang von der Geborgenheit des Bäuchleins zu dieser neuen unbekannten Umgebung.

Meine kleinen Lungen atmen zum ersten Mal die kalte klare Luft ein und ich kann nichts anderes als zu schreien.

Es fühlt sich so an, als würde mein Körper nach etwas suchen, nachdem, was ich so lange gekannt habe.

Der warme, weiche Raum, der süße Saft der Fruchtblase, das sanfte Schaukeln in Mamas Bauch. Aber es war nicht mehr da.

Aber in diesem Moment ist einfach nur hell und kalt und ich bin ganz allein in dieser fremden Welt.

Viele Hände greifen nach mir und berühren mich, ich möchte das nicht, ich habe Angst.

Und dann höre ich Sie…… Mama, Papa?

Ihre vertrauten Stimmen kommen immer näher zu mir, voller Sorge und Liebe, und obwohl ich mich fremd und ängstlich fühle, höre ich die Wärme in ihren Stimmen.

Sie sind da, Sie sind bei mir! Das beruhigt mich, ich bin nicht allein.

Und in diesem Moment weiß ich, wir können jetzt alles zusammen durchstehen.

Jemand nimmt mich in den Arm, aber ich spüre, dass es nicht meine Mama ist. Die Berührung ist sanft und liebevoll, aber trotzdem bin ich verwirrt.

Eine warme Decke umhüllt mich und ich fühle, wie der weiche Stoff mich schützt und wärmt, aber das tut nichts daran, wie unheimlich die Welt ist.

So habe ich es mir nicht vorgestellt.

Ich höre Stimmen von Menschen, die sich gerade um mich kümmern und um mich herum stehen, sie versuchen mich zu beruhigen, aber ich muss immer wieder schreien und weinen.

Wo sind Mama und Papa, ich habe mich doch so auf sie gefreut und nun?

Bin ich jetzt allein hier?

Ein Gefühl von Angst steigt in mir auf.

Die Fremde, die mich hält, spricht leise, ihre Stimme ist beruhigend, aber sie klingt anders als die Stimme von meiner Mama.

Ich spüre, wie mein Herz schneller schlägt und mein kleiner Körper sich anspannt, wo sind nur meine Eltern?

Warum kann ich Mama und Papa nicht finden?

Mit meiner Verwirrung und Unsicherheit fühle ich mich so allein.

Plötzlich höre ich eine Stimme, die mir so vertraut vorkommt, eine Stimme, die ich schon so lange kenne, so voller Liebe, die sanft durch die Luft zu mir kommt.

„ **Raya, mein Schatz, wir sind bei dir, hab keine Angst!**"!

Es ist Mama! Mama ist hier!

Da ist Sie. In diesem Moment, in dem alles so neu und beängstigend erscheint, höre Ich endlich Ihre Stimme in dieser kalten und hellen Welt.

Mama ist endlich da, und mein Papa auch.

„ **Wir** sind bei dir, mein kleines Mädchen "!

Sagt Mama und ich höre das Zittern in Ihrer Stimme.

Sie nimmt mich endlich jetzt in den Arm, ihre Hände streicheln mich und berühren mich überall, ich spüre Ihre sanften Küsse auf meinem Gesicht

Jetzt geht es mir besser, ich habe nicht mehr so schlimme Angst.

Die Angst, die mich bis eben noch überflutet hatte, beginnt zu weichen.

So finde ich in ihrem warmen Griff Trost, in der Nähe ihrer Stimmen Sicherheit.

Alles wird jetzt gut, es ist wieder ein neuer Anfang, aber dieses Mal für immer.

Jetzt ist unser Team komplett.

Es ist alle so neu und fremd hier draußen.

Alles fühlt sich noch ungewohnt an, die Kälte, das grelle Licht, die Geräusche.

Ich bin so erschöpft, das war keine einfache Reise auf der letzten Etappe, so müde, dass ich kaum noch die Kraft habe zu denken.

Ich kuschele mich an Mamas Bauch, der mir so vertraut ist, und spüre die Wärme ihrer Nähe und höre den vertrauten Rhythmus ihres Herzens.

Mama riecht so gut, es ist der Duft von Sicherheit, Geborgenheit und Liebe.

Es ist der Duft, den ich nie vergessen werde, denn er ist jetzt tief in mir verankert. Daran werde ich mich jetzt immer erinnern und erkenn, dass du meine Mama bist.

Meine Augen sind bislang nicht richtig offen, sie müssen sich erst das helle Licht hier draußen gewöhnen, die grelle Farben, die alles anders erscheinen lassen als das warme Licht in Mamas Bauch.

Alles herum um mich ist noch verschwommen, aber ich weiß, dass ich nicht allein bin, solange ich den Duft einatme oder das Klopfen ihres Herzens spüre, wenn sie mich im Arm hält.

Langsam Stück für Stück gewöhne ich mich an diese Neue Welt.

Ich vertraue darauf, dass ich hier bei meinen Eltern sicher bin.

Sie werden mich beschützen, genau wie es immer gesagt haben, auch wenn es mir jetzt noch ein wenig schwerfällt, alles zu begreifen.

Ich schließe meine Augen wieder und lasse mich von Mamas Nähe trösten.

„ Ich bin endlich angekommen!“

Ich habe sogar etwas aus Mamas Bauch mit nach draußen genommen, etwas, das mich immer begleitet hat, das mich am Leben gehalten hat und mit dem ich immer spielen konnte, die Nabelschnur!

Es hat mich ernährt, mich versorgt, während ich in Mamas Bauch war.

Aber jetzt brauche ich sie ja nicht mehr. Ich bin draußen, ich bin da und ich kann allein atmen, allein leben.

Es war ein seltsames Gefühl, als Papa die Nabelschnur durchgeschnitten hat, es tat gar nicht weh.

Es war nur ein kleiner Schnitt, jetzt habe ich einen kleinen Zipfel an meinem Bauch, das finde ich lustig.

Die ersten Tage außerhalb von Mamas Bauch waren ganz schön aufregend und auch sehr anstrengend. Es gab noch einmal viele Untersuchungen für Mama und für mich, aber wir sind gesund und alles ist in bester Ordnung.

Auch viele Menschen waren da, ich glaube, das war Besuch für uns.

Das war uns aber viel zu anstrengend, denn eigentlich wollten wir drei allein sein, um uns besser an uns zu gewöhnen.

Ich wollte momentan nur zu Mama und Papa, denn nur ihr fühle ich mich wirklich wohl und sicher.

Mama ist auch noch vollkommen müde und erschöpft von der ganzen Reise, es war doch wirklich sehr viel. Sie muss sich jetzt auch erst noch einmal erholen von den letzten 9 Monaten.

Juchhu, wir dürfen endlich das Krankenhaus verlassen. Mama hat richtig hübsche Kleidung für mich mitgebracht und zieht sie mir an. Das finde ich toll!

Papa hat ein großes Ding mitgebracht, ich weiß nicht, was das ist. Papa sagt: Raya, das ist dein neuer Kindersitz für unser Auto, damit fahren wir jetzt nach Hause.

Sitz? Auto?Zu Hause?

Was ist das alles? Ich weiß es nicht, aber es hört sich toll an.

Es ist alles ganz anders, als ich es immer kannte. Vorher bin ich ge-schwommen, um mich zu bewegen und nun legt mich Papa in diesen großen Sitz? Auf jeden Fall weiß ich, dass das komische Auto mich woanders hinbringt, wo wir alle dann zusammen sind.

Nachdem wir uns von allen verabschiedet haben, die uns bei der Rei-se geholfen haben, bringt uns Papi zum Auto.

Uiiiiiii, das ist aber groß.

Also ich muss sagen, das Autofahren ist wirklich toll, ich bin begeis-tert.

Es ist warm, gemütlich, Mama und Papa sind da und es macht brummende Geräusche, die haben mich doch tatsächlich sofort zum Einschlafen gebracht und das schaukelnde Gefühl war wie in Mamis Bauch.

Das möchte ich später dann noch öfter machen.

Als ich wieder aufwachte, war es aus einem unbekannten Grund anders, ich war nicht mehr im Auto?

Ich konnte meine Eltern sehen, wie sie vor mir auf dem Sofa saßen und mich beobachteten, ihre Blicke waren soooo voller Liebe.

Ihre Augen strahlten auch vor Freude.

„Herzlich willkommen zu Hause, liebe Raya!"

Endlich bin ich in diesem zu Hause angekommen. Das ist bestimmt jetzt die Endstation.

Zu Hause, das hört sich nach Liebe, Geborgenheit, Schutz und Familie an. Ich liebe es jetzt schon.

Endlich bin ich in diesem zu Hause angekommen!

Jetzt müssen wir nur noch lernen, uns zu verständigen.

Es ist gar nicht so einfach, denn ich kann noch gar nicht reden.

Wie soll ich meinen Eltern nur sagen, dass ich Hunger habe oder schmerzen?

Vielleicht möchte ich mich auch einfach nur mal umdrehen auf die andere Seite, weil alles drückt, oder meine Windel ist voll?

Vielleicht spüren sie es zu einem anderen Zeitpunkt, wenn ich weine oder mit meinen Augen nach ihnen schaue.

Möglicherweise erkennen sie mit der Zeit, wie sich mein Schreien anhört, wenn ich etwas benötige. Vielleicht auch nur kuscheln möchte, um euren Duft einzuatmen.

Es wird sicher eine Weile dauern, bis sie alle meine kleinen Zeichen und Wünsche verstehen können.

Aber ich bin mir sicher, dass sie geduldig genug mit mir sind.

Wir müssen einfach alle lernen, uns zuzuhören.